第35届
青春诗会诗丛
《诗刊》社／编

养一只虎

吴素贞 著

南方出版社

海 口

图书在版编目（CIP）数据

养一只虎 / 吴素贞著 . —— 海口：南方出版社，
2019.8（2019.10 重印）
（第 35 届青春诗会诗丛）
ISBN 978-7-5501-5581-7

Ⅰ.①养… Ⅱ.①吴… Ⅲ.①诗集－中国－当代
Ⅳ.① I227

中国版本图书馆 CIP 数据核字 (2019) 第 157191 号

养一只虎
吴素贞 著

责任编辑：高　皓
特约编辑：符　力
装帧设计：史家昌

出版发行：南方出版社
地　　址：海南省海口市和平大道 70 号
邮　　编：570208
电　　话：0898-66160822
传　　真：0898-66160830
经　　销：全国新华书店
印　　刷：阳谷毕升印务有限公司
版　　次：2019 年 8 月第 1 版
印　　次：2019 年 10 月第 2 次印刷
开　　本：787mm×1092mm　1/32
印　　张：5
字　　数：120 千字
定　　价：40.00 元

目录
C O N T E N T S

辑一 证词

辑二 养虎

辑三 捕梦

辑一　证词

苍 山

最老的人都躺在苍山，最好的
棺木都长在苍山，最高的碑
都立在苍山
苍山和村子一样老
上苍山的人都要自己去看一遍风水
就像奶奶那年，她扶着苍山一直找
最后找到朝阳，坡下有池塘
池塘边有一片梨树林的地方
然后坐下来。苍山仿佛巨大的怀抱
奶奶瘦小的身体一点点沉入
山下的村子
也跟着一点点抖动……

父亲背着奶奶缓缓下山
——多少年，我跟着父亲上苍山
下苍山。只有我知道，一个孤儿
多么希望
再次从苍山上背下自己的母亲

乡 音

乡下的穷亲戚发来丧音
老舅公独自一人在门槛旁死去
长指甲抓满泥土
蜷缩的形状像条狗
村民把他抱上门板
穿寿衣的时候
歪脖子怎么也扳不直

没有更多的话形容他的一生
最后他终于蜕下人身
回到一只兽。他在夜深独自爬行
用爪子刨地
我的穷亲戚到死也不愿麻烦人
他赶在人们发现之前
已经用爪子把自己埋了一次

快 照

我执意要给大伯和大娘拍照
他们一生未有合影
刚从地里回来的大伯
面对镜头羞怯如孩子
他的双手反复揩拭的确良外衣

大娘坚持拒绝。她的老态
一副举目无亲的样子

他们一起走到人生的暮年
却又似乎成了对方的敌人
他们咒骂对方废粮，早死
却又在乌鸦啼叫时
为彼此，用力赶跑它们

"那就为我照张遗像……"
大娘拢了拢头发
老年斑堆砌着褶子。我总以为
自己通晓这些老人们的感情
可只要稍作安静
一些回音就像枪弹齐发
镜头里，墙上的灰泥扑扑掉落

村 居

又摔断手臂
母亲懊恼自己的腿脚和腰
不能劳作时
她习惯默默收拾包袱回到苍山村

在那里她不会觉得自己无用
还有更老、更残的，喜欢听她说话
我以为的悲剧
就是他们一次次喊活死去的人
这些残喘的个体
已经接受了套颈的绳索

母亲却很适意。她用另一只手
给输氧的姑婆梳头
这个刚成为新寡妇的老女人
不断喊母亲的小名
问母亲有没有看到她的老男人
母亲的断臂不断地抖
她为自己说谎，给不出一个拥抱
又心存懊恼，和罪意

与父饮

诗歌换酒钱，父亲边倒边说
脸上露出一丝骄傲
这是我第一次与父亲对饮
第一次以获奖的酒
敬他持续发酵的父爱与白发

辛辣里透出回甘，是父亲的一生
一杯下肚，他悔及未让我上大学
过早地品尝生活的辛酸
所幸，我成了一名诗人

沉默中他饮下第二杯。脸颊泛红
他第一次谈起初恋
谈起那个女孩银铃般的笑声
但很快收回了记忆的目光
落在灶台前母亲的身上

母亲手中叮叮当当
盖过了父亲的低语
"现在我只喜欢听这个……"
快速冲我眨了眨眼，一饮而尽
我错过了他的青年，所幸，没有错过

他年少的瞬间
52 度的特曲，头一回
让我们父女喝得像兄弟。只是我再
没撒娇，说出生活中呛人的辛辣
只是他一点点地蜕下男人的铠甲
一点点在醉意中又持续老去
他轻轻啜泣的时候
我多想成为他的母亲

证 词

我多写一人，我的村子
便在纸上比昨天大一点
我多记录一件事
我的村子便在一首诗中
比昨天更活泼一些
把所有不利她的词
统统发配边疆
我的苍山村便能在喘息中
呼吸平顺，有骨有血

——我不断地写
不断地写
一个在地图上找不到的村子
我的祖辈曾定下祖制：
女性不能载入族谱
我害怕多年后
人们想起吴素贞
他们抱出厚厚的族谱
像在地图上寻找苍山村一样
最后：查无此人

托 孤

现在，他活的每天都是借来的
他向肺癌晚期借一天
先安顿疯癫的女儿，把她因失禁染污的裤子
被褥，清洗干净
送她入精神病院

再借来一天，为生病的老妻
存下一些钱
封好存折，密码和医保卡
借来的第三天，他扶着树
在山里选一块地，靠近他母亲
还有半天，他进城打了一针杜冷丁
挑选寿衣和香纸

第四天，他觉得是多出来的
他找到父亲，带来一块好木料
他请父亲为他打一个骨灰盒
亲手刷上桐油，一遍
又一遍，那温和的颜色
他抚摸上面的名字
如托孤

菩 萨

佛堂无客，铜钟在敲击中
抖落多年披覆的尘埃
刚在这里剃度的尼姑，蜕完
半生的皮相

霜风中凋落的柚子，一身金黄
和刚塑过金身的菩萨差不多
它们在寺院无序地掉落
滚到尼姑脚下
像她那还未熟练的敲钟声

一直在延续……
我走进后院，池塘里
漂浮着十多个柚子，尼姑
用竹竿套着网
正在打捞，青灰的僧袍
不断擦拭脚旁的柚子，金灿灿的
她回头冲我笑的脸
真像墙上挂着的菩萨

缺 席

此时一声狗吠，也是亲的
成群的麻雀大胆地吞下苦楝籽
灰色的剪影挂在村口
鸟粪堆积
那些在冬天吞食的籽
不需要娘养
它们会在村里的任意处脱胎

众多屋檐的棕榈丝已经风化
雨水和老藤之间
瓦砾断梁生出一副枯骨
埋伏了数年
暗含着人世许多的拒绝
它们一小片，一小片地分裂
甚至通过一只蚂蚁向外界
传递不可知的呼声

一个村子的呼声
缺席数年，终有一场雪
会替我淹埋鸟群的脏羽毛
会在村子的伤口
堆砌出一座神庙

隐 去

在山中，鸟声响起
我将隐去鸟声
板栗树光枝林立，带刺的锐壳
落满山腹
我将隐去
山腹全部的刺痛

独坐山谷，身后是断崖
我将隐去
一条瀑布怎样决绝地投身
一株野草
从采药人的背上
如何爬上悬崖，喊住
悬崖边深藏黑暗的人

当然，从进山就划破
我手臂的一丛丛荆棘
它们对一个陌生人的敌意
我将隐去
它们在熟悉的血液里
认出陌生的我
那因爱而恨的情
有多深，我都将一一隐去

泉水滴答

泉水滴答一声
一块巨石便在坐化中醒来
泉水再滴答一声
一片峭壁便在坐化中松动筋骨
泉水再滴答一声
整座山便是鼓琴的高手

——琴声悠扬，杜鹃花开
——琴声悠扬，上坟的人止住哭声
——琴声悠扬，躺在山里
沉睡的亲人依然不会醒来
美好时辰，他们不愿
惊扰悠扬的琴声

月 光

月亮泊在水面上
湖水是待产鱼儿的月光
一条船靠岸，马头灯是打渔人
梦中的月光

今夜仍有无家可归的人
他在桥下埋下什么，起身
又挖出什么
桥孔是他撕开的半块月光

蚂蚁不舍昼夜
永远在搬运，和赶在搬运的路上
一条蚯蚓原地翻滚
扭曲，惟无法张口呐喊
这无声的对抗，一只萤火虫
是它最后的月光

——今夜，仍有渺小的生
抬着巨大的死

金属色

有一片金属色的天空
有一片金属色天空下被留茬的稻田
有一棵孤独的褐色板栗树
有一阵绕着渔人小屋搜刮的风

暮晚有点冷。村里的叔公
牵着弱视的孙子回家
要熬到孙子娶媳妇……暮色里
叔公也有了金属色的影子

我在村口的古井里饮水
额头，有金属的冰凉
一群蜘蛛在老屋搭网
我梦见自己身着火焰
映红夜空
在那片整齐的古木后面
我丢失的亲人
正在金属色的天空下操着农具

钟 声

寺前的池水有菩萨，落叶，小鱼
我的祖父曾在这里写碑，放生
他以写碑的心活着
以剃度的心写碑

我见过菩萨的头上落满积雪
跪着带刀的王屠户
见过匍匐的婶娘
为疯妹祷告
偷偷放下一枚金戒指。主持云游
我看见功德箱堆积尘埃
黄杨叶子落空
水中的鱼儿游到桌台

——是谁的手还在推动撞木
钟声催促呵
我从中年回到童年
又从童年进入老年。这里
未出生的人，扑通下跪的人
催促命运施恩的人，我只看见了我
只有我

孤　影

跟在身后，发现她
有一大把瘦骨嶙峋的日子
往事在斜阳里西沉
但还会像潮汐一样拍打着她
夜里醒来，她会再次哭睡自己

当她避过众人的目光，用低沉的
声音向我诉说时
一些苦，仿佛就变轻
像她竭力腾挪的空间
获得精神上的一次救赎

——这短暂的舒展
并没有带给她更新的生活
当我采访回来后，她的眼神
一直跟着我
仿佛她那些早逝的儿女
在诉说中又一一活了过来

乌 鸦

能听懂鸦语的
只有 85 岁的姑婆了
晒太阳的她先发出喝声
再用拐杖磕地

短促的音节，带着姑婆的敌意
乌鸦并不飞
有时是群啼
它们似乎比以前更硕大
缩着头
黑色的影子立在老苦槠树上
枯枝干如火柴，无限地
吸收时间的火焰
而非被时间吸收

黑色被调到最暗
许多人立在暗处
乌鸦在里面飞，在里面叫
就是这样，在棕榈树上，苦槠树上
像重新找到了阵位般
炫耀地呱呱叫
姑婆不断地说着唬鸦的话
乌鸦依然叫得糟糕而兴冲冲

稻 草

黄昏和烟头一起落尽
被生活压得喘不过气的人
坐在黄昏里抽完最后一包烟
化验单在胸前口袋一起一伏

比一根稻草还轻。这两年
他的肺一直在向他
索要一根稻草，这个一生
与稻草为伍的人，忽略了
为自己留一根稻草
他用肉身一次次冲撞生活
如今，他只剩下一副骨
疼痛夜夜从骨头发出催命的檄文

冬 日

池塘的水推来覆霜的寒光
群鸦围聚，圈住老人们在门楼
晒太阳的一天

蜗居小村，群山的色彩
无比壮阔，而猎人的哨声
不知所踪；夜色空茫
而星星不知所踪
大片的向日葵砍下头颅，你看到
丰收的笑脸，而年轻人的脸
不知所踪

母亲说：隔壁的哑巴婶走了
连八仙也凑不齐……
老人们坐在门楼晒太阳，群鸦围聚
寒光覆盖着水
只有一群野鸭活得像斗士
水面沸腾，那是村里的另一个老人离世
如今，只有死亡
才能召集村里的亲戚们

哑巴婶

扛着锄头飞过山头，一年有
第四百天。最早的蕨菜返青，勤劳的人
挖下它喂猪。蝴蝶
会爱上她的语言。她从不吭声。晨昏线
掠过，她在烈日下，雪地里，坟头上
她在埋韭菜头的时候
一头栽进地里，韭菜花掩埋她
白花还在溪边摇曳，第四百天的荒地里
长出一棵榉木，一张稀疏的脸。草地
嗖嗖作响，这悲哀的声音
到了一群蜜蜂身上，它们会爱上她的语言
那个疲惫的勤劳的人
活着的时候把一天掰成两天用

宗 祠

众人祭拜前
这里静寂而空阔
木柱石砥的狮子长满铜绿
眼神如祖母，凌厉
蒙上了时间的包浆
断垣也少了锐痛。天井上的
四方天空，依然存在空间的疑问
只要萤火虫
飞得够高，它们就有
成为星星的可能

壁画上的麒麟
脚踏祥云，我身躯单薄
我的先人，用牌位堆砌的高度
也有着星星的高度
风声在灯笼上萦绕，蜡烛霍霍
我做了从前不曾做的事
我知道有些眼神
会凝视我缓慢，无声地鞠躬

草 垛

石头扔进草垛，草垛拥抱它
火焰扔进草垛，草垛燃烧它
疯妹扎进草垛，草垛溅起浪花

她躺在火焰里
把最难的活路压在身下
她让我们看起来活得更正常
这些年，她反复向我伸来的一只手
有时是流水，寒冰，有时是废墟

流浪街头，只有少数的漫游者
通过了自闭的大门
现在我们走在秋收的田野
她承受了所有人的罪
这比死更难的路，她走得嘻嘻哈哈
她喊：姐姐，姐姐
扎在草垛里，草垛拥抱她
草垛燃烧她

洪熙石匾

有时甚至能听见：钦此——
宦官的尾音还在石头里疯长

少年时代，我便开始在这道圣旨上
学习认字。荣光是热的，衰落是凉的
惟有君临善者的圣意
在时间里是恒温的。我仰头注视

这块石头没有在历史中沦陷
而是用自己的骨血滋养着圣旨
它宽容了一个短命皇帝
借用它的身体延续万古心。多么奇怪
这次我竟然如此伤感，比一个朝代
更永固的是石碑上的圣旨
比一个薄命皇帝更不甘的
是一块石头
背负永不能退场的命运

洗鹤盆

一块巨石可以困兽，布道
住佛。可以令斧凿之声
还原万物
惟忘了它能洗澡，为一只鹤
我曾想过白鹤穿云
在流霞的尽头引溪沐浴
却未曾想，它也是人间一子
它的父为它觅石凿盆，洗浴
擦亮每一片羽毛
教它戏水，生活，思考
它越来越像个人
热爱洗澡。巨石聚水如镜
倒影着人伦的欢乐
我能听到的，是风声
渐远。石盆边缘光滑
仿佛一片羽毛。我摩挲着
"巨石飞向了天空之上的自由"
洗鹤盆的使命结束
一只鹤则被模拟成巨石
它在众目中喊：我的父……
人间再锋利的鬼斧
都无法复原它本来的模样

莲 花

贞节牌坊的废墟处
三只猫徘徊，黑色的爪子
在断垣上开出黑色的花
它们伫立，回头。整个上午
尾巴弓成弧，脚步若幽灵
保持着对时光的探询
一根蛛丝引领它们来到
断石的底部，我仿佛看见
虚无之处的宅邸
女人们都在睡觉，她们
拼命摁住梦中的浪潮
耻于出口的欲望
——无尽的忍耐犹如长眠
乌鸦敛翅站在古宅朝下看
山村沉寂。这个清晨
牌坊上的断文
给了女人另一种苏醒
我的手因拂拭尘埃有点抖
表述是：
石头里的莲花必将涌过生者

祷 词

所有人谈论你，愿你一直有个好名声
你爱的人，愿他们做梦，知道你未尽之事
你的真言再无避讳，尘世的名禄功过
毫无意义。悲伤还是留给了爱你的人
愿他们的怀念替你活得更长，一身轻
天国的路应该很远，愿你如清风
朝露。愿天父慈悲，许你有生无忧
我时时与之相视，想必你已是一朵云
无有挂碍，无有恐怖

雨 夜

只有影子挤了进去
橱窗玻璃再一次阻隔了他
踮起的脚跟
带来比天幕更深的黑
街道暗沉如甬道
仿佛光，正一点点遗弃
路边，木樨一次次摁住自己
落叶有着想要的怜悯
依着废电动车
他端坐在水里，冷风掀动钢圈
砰砰作响
"他是唯一一个能拥铁取暖的人"
我低下眼睛，车窗蒙起水汽
闪电一次次探询，裂状的手
抚着所有相似的际遇
四处流浪，他不知道
另一种更坏的天气叫生活
漆黑的身体
经常生出铁一样的暗物质
我们抱紧。像这样的雨夜不取暖
肉身维持着铁的温度

父 亲

像转述一场意外事件，他努力
澄清自己非肇事者
他很内疚，在病床上
指着头部的左边
那是一种神经性病毒，它们先是
在风池穴潜伏了一周
现在，它们侵占了他的整张左脸
水疱甚至关闭了左眼的光源

他用手指使劲掰开
"但视力真的没问题……"
声音似在安慰自己
多像一头臣服了光阴的豹子
他反复说老了，破财
用布满伤疤的手
抚摩肿胀，他忍着疼的时候
右脸的皱纹不断挑动
我从未见过如此聚精会神的悲伤
安慰纷纷落地，他又蜷进老年的牢笼

出丧或坠落

清晨，一些人死于昨日
或前天
出丧的队伍与锣鼓
代替他们
向这个小城做最后的道别

一地的鞭炮碎屑
被节奏欢快的洒水车冲走

人们陆续走上街头
一些人发现
自己身边的人变成鬼魂
而另一些人
以鬼的身份，接受阳光的
洗礼，又变成了人……

我家的枣也在集体坠落
它们把自己
存放在冬天的雪地里
而没有哪一颗
能够重新回到悬空的枯枝

诀别书

消散，无期
谈一谈死，又何妨

其实，是巧合
呼吸恰好与周遭格格不入
把人生所有袒露的
和呼之欲出的都咽回去
是需要内收，用句号作为安置地

也可以说是满
那时，我不留一字
比孤本还孤
诀别书，从他人嘴里溢出……

完 整

阴影一再后退。就像
它曾悄无声息地跟来
我不会回头。我的俯身处
适宜一次喜悦的蔓延

时光待我何其丰厚
让我遇见一半的残缺
荒芜的老屋，野花
敛着金色的光，淹没我
残缺待我何其慈悲
让我在倾颓的屋宇间
看起来多么完整

犹如回到时光的底部
断章，破碎……
黑暗的，长长的阴影
我怎么可以这么完整
拈着花，被一束光
晃动成巨大的寂静

群　星

逼仄里充斥着争吵
摔碗和踢门声
两个离了婚的人还能
在一个屋檐下生第二个孩子
依然从流水的日子里取出刀子
削弱对方爱的意志
夜幕划破，传来孩子的啼哭
我披衣而立，天空闪烁着群星
那么多的亮眼睛，俯视寻觅
它们都在找最顺眼的妈妈
温暖的灯盏
孩子的哭声落在寂静的房顶，叶尖
我有点颤抖
仿佛那声音可以弹起
到达远处的古塔，钟楼，伴随着
凌晨 3 点铛地回声
穿透一个女人固有的母性
女人停止咒骂，她手臂放松，弯曲
优美的弧线弥合了夜的完整
天空里的星没有一颗因此而错位
当我关闭灯盏
一颗悬着的母亲的心也重新归位

十 年

十年前，苍山村
没有一个厌世的祖父
独居的祖母。梨花开满山坳
没有谁会问：儿孙归不归

十年后，我写苍山村
八十五岁的小叔公
手牵眼瞎的老妻
和一个青光眼的幼孙
他不敢厌世
我的叔叔肺癌晚期
他为疯癫的女儿和病妻奔波
他不敢死
一个独居的老祖母，无法自理
夜里在床上纵火
老屋为她埋骨
火光顺着房梁直抵星辰
突然裂开的天空
被刺穿的暗夜，这向虚无深处
痛击的一拳
回声——是一团寂静
十年前，苍山村没有这样的寂静

老 宅

仿佛也被掏空。潮湿的霉味
印证着时间占有了这里的一切
我只能隔着扶墙的天麻
让时间先填满身体的风箱

我的祖母躺在竹榻上。我们分食
她省下的苹果。刀痕看不见
不一会儿，苹果就空了
夜里，燃烧的心肺让祖母反复撞墙
那空空声——
像刀痕一样，看不见
而我的味觉还停留在刀刃上
那样的甜被祖母咀嚼着
又该有什么味遗留在她安魂的牙床

祖母一次次传来空空声
她不知道刀痕
在空荡的容器里产生回音
在我离去老宅后，时间会弥合裂缝
会把某些正在发生的事永恒地隔开

夜 凉

她冲我询问，仿佛我有她要的答案
她冲我哭诉，仿佛我有恐惧的去处
她冲我缓缓跪下，仿佛我有上帝的亲抚
她冲我重重垂下头，仿佛负有不可赦免的罪
她是一个陌生老人
旁边的婴儿车空空荡荡
她满头白发
瞳孔发散着少有的淡蓝
她用着我听不懂的方言拦住了我
我有怜悯，不敌世人的恶
我逃跑。那晚，我良心不安
反复梦见自己在无人的大街
如迷失在一个空荡的巨婴儿车里

夏 至

多么克己。杜英对仗挺立
对身边的轰鸣保持淡漠
它们开花，肃穆地浮动

年轻的女子
一手牵着泰迪，一手玩手机
她的头不时随耳机摇动
开心人药房播着采茶戏
导购扯着嗓门
向老人推销。新汇大厦
人们把鞭炮缠在扶梯
放在杜英树下，声音经久不息
像一个个开业贺词
在空气中分崩，肢解，吹散

我的车里放着走在冷风中
"我没说不代表我不会痛……"
只有流浪的乞丐
他还在杜英树下沉睡

迷 路

那些脸是生动的
粉底，眼线，口红
精致的妆容令表兄产生错觉
他进入一处集体休眠区
水晶棺里的人
会随时起身从他身边经过
然后乘坐电梯混迹人群

但表兄找不到出口
他没有忘记这里不能问路
循着亮光，他看到另一批躺着的人
蜡黄僵硬，他们被标号，排队
仓促送往离天堂最近的火炉

我明白他误入另一个世界
我感谢那个老头喊住他
也喊住了我。我记得探望舅舅时
也失误下到医院负楼
冷风吹进电梯
我不敢告诉他我寒战了许久
是否带出一个看不见的人
他正在广州街头也迷了路

一家三口

他们三个坐在樱花树下的长椅上
一个塞着耳塞看手机，另一个
也忙着摁手机
中间的那个
一会儿爬上长椅，一会儿反身
趴在长椅的靠背
晃动的双脚
粉红的小皮鞋反射着阳光
不敢走远，她蹲在长椅旁
像把玩手机键一样
用力地摁倒一只只正觅食的蚂蚁
其中的两只速度更快
钻进了她的手臂
拉了拉左边，拉了拉右边
手机的蓝屏像磁石
一个说：你看看
另一个说：你看看
小小的一双眼，无助地望着他们
那眼神
就像盯着两只巨大的黑蚁

白　雪

从来没有见过这么多的雪
当她是一位母亲
她接近了人生全部的爱
一场雪到来
孩子们承欢膝下，她围着雪人
一遍遍喊出他们的乳名

当她是一位奶奶
人间的雪，她以为也下完了

第一个儿子离世，留下一对儿女
第二个儿子的时候，老伴
留给她一个僵硬的躯体
三个孙子

在雪崩中蹒跚
——她必须为孙儿们继续探路
从来没有见过这么多的雪
暮年这么单薄
她的力气和爱就快用完了

红 蓼

它们捂着火焰，追着河堤
像少年追着它们

人至中年
我眼里的这片红蓼已在
低处
在我祭拜祖母的时候
我一次次拔起它们，扎成花束
火辣的汁
顺着眼睛滴入河水
它们拼命地红，拼命地红
——这细小的涌动
需要很多年，才能喊住

过故人墓

浓雾笼罩了整个墓地，在旷野的边缘像一处禁地
年关紧随，时间在这里呈现肃杀的清冷

我端详着内心的禁地，悲伤从未如此
时间没有变旧，这大寒的清晨
冰渣子喳喳作响，人踪灭
对于我合盘的自白，雾中的水滴依然疾疾若雨

断尾猫

在车底，触目惊心的一幕
不是地面的一半尾巴
而是留在它身上的另一半，半截被
剥了皮的电线，又像一枚
带血的钉子穿透身体

一条命没了。但虚无里
依然存在着一条完整的尾巴
它的舌头不停地舔着光
眼睛里再次窜出蓝色的幽灵
上房，跳梁，地面旋起微弱的风
它的虎斑蠕动，眼神里满是眷恋

没有九张完整的皮囊对抗厄运
当它开始失去平衡能力
与周围，人类也陷入紧张
声音尖锐而惊惧，仿佛我伸出的手
就是不安的源头
它唯有抱着古老的敌意
重拾兽性
才能带着一枚钉子幸存于世

辑二 养虎

养一只虎

它的确成年了！我承认自己就是那个
多年用心插柳的人。现在我乘凉
人群与我
一虎之距

我不必忧虑
人世是否安好，一声叫啸也足以
后无来者。闲人免入
或者领一张免死牌

它也有收敛，会戴着一副墨镜招摇过市
像猫咪一样时，我会接着用耳语
让它突奔人群
喜欢它伤害事物到极致

浑身绵软到极致
我喂它食肉，让它活得比我长，毛尖
漾起斑斓；我让它跑，带着电
让每一颗在暗夜里浮动的野心，刚好
与虎亲
性相近

木绣球

"被爱咬过的身体，总有一处
沦陷于力与齿痕……"

你没有回答。第二次摁下时
闪光灯跑在快门前，像极了那时
我疯狂的闪念：
"所有的齿痕都沾染着闪电"

你传来一朵木绣球，细密的花序
那么多的小天使
躺着，你姓氏的雷霆滚过……

她

从身体绵软的地方
取出锐刀，她真的爱上了
触觉的快感，锋刃上光的冷漠

挑开衬衫的纽扣
这惊喜与绝望的藏身之地
高耸着废墟与伤疤
每一块她都羞于表达

生活一再提醒她
可以对自己狠的人，眼前
已空无一物。对着镜子
她只能一次次数着
自己用旧了的刀的总和

雾中的雏菊

不开到荼蘼，就衰败
到惨烈。一天，两天……
一朵雏菊，心中的大雾反复裂开

她停了下来，蹲伏的阴影
从花间摇落
湖水波光粼粼，半明的光斑
是昨夜它们与雨和解的部分

仿佛无数个结局正纷沓而来
蝴蝶立在花瓣，开合双翅
晨曦中漫步的人，推着镜框
一只水鸟忽地从草丛飞出
像云朵一样，又把自己扔进大雾

她站在那里
所有的美因为隐忍，从暗处开
从痛处开，从乱石堆里
破裂了的菩萨的头颅上开

失眠者

一些微光
从废墟里射来，仿佛诘问
仿佛是从思想到肉体的控诉，怜悯

"一个白昼的叛逆者"
"一个安眠药的寄生者"

接近梦境的一生
她的误区在于相信春天
相信舌根的芬芳
相信天空有下不完的雨

——永恒的黑。睁着眼
她一遍又一遍凝视
夜空里的云朵，以及
自己收不回的梦游的身子

完 美

试穿美体衣时，我裸站着
美容师用卷尺测量三围
眼光散漫
似乎早已看透了女人的一生

"尤其是胸……"
美容师刚出口的时候，我立刻像
做错事的孩子，一脸通红

没有在哺乳以后爱惜它们
没有在细节里关注它们
没有拿出时间去护理它们
美容师弯腰时，加了一句

"没有让男人好好呵护它们"
哦，真相！而她
只能在真相里制造一团团烟雾
只能从真相中抽出身来
轻轻地说："时间
一直是棵长在冬天的树。"

傍晚的一只白鹭

一定是多年前与我相遇的那一只
那时它那么白没有长大

脸与天空平行，它的翅膀
飞入眼底。背景是天边的火烧云

地面与天空，我产生了一样的眩晕
水与火惊人的相似

人生的每一处不经意抬头
也许都能看见自己的流放地

但我已从那里归来
心里装的，除了白鹭，还有秘密

忏 悔

一直以来，她都用一颗虎心
静静地面对人世的无常与借代

多年养虎，她只把它
寄养在别人的体内
反复得失中，她终于想赎回
金色的条纹，危险的风……

但她已经失去了钢铁的栅栏
深夜，她拥有模仿老虎
一跃而出的力量和雄心

有人却在屋外提刀疾走
在她的肋骨间，另一头专心
忏悔的虎，借着一束月光取暖

我的情人

是我带给世界最明亮的部分
我发光，惟有他见过我吞下月亮
把生活里的悲苦忍成珍珠
惟有他视我为贝，将我爱成软体

灰烬里的爱，我们也要爱完
是我带给世界最无知的部分
惟有他，把撞击凝成一团幽火
孤绝于人世，我才一次次看到虚无

是我带给世界喜泣的缘由
惟有他可以朝我举枪
交给他全部，是为了确证爱的绝境
交给他绝境，是为了爱的微不足道

时间多么轻贱

时间多么轻贱
一转眼，它就招手说你是旧人
说过的话，旧的
炽热过的愿望，旧的
信守过的承诺，旧的
至于伤，当然，也是旧的
而分明有人在风中
指着心口
"是旧病，要带进棺材……"
那还要把旧病复发也交给时间
痛一次，它就长一次
比如彻夜难眠，比如寝食难安
它时时提醒
某年某月某日你初患病
越交给时间
旧方越厚，如你的履历
某年购房，某月还贷
某日歇斯底里，跳槽
还有……某时，你"轰"的
突然塌空的心
时间多么轻贱
终于，你活得比一面鼓还空

唯一的旧病
就是期待时间的棒槌
一次比一次更狠地敲
高调与低吟，说与不说
全在你拥有一颗空空的心

我们的虎

空气冒着卡布基诺的味道
搅着细勺，她目光压低
茶色镜片后的眼角，淤青变成褐色
泯了一口，她挤出一笑
多年前，我们谈起
婚姻、孩子、女人，内心的虎
五彩斑斓，热衷于飞扑与长啸

如今，我们的掌心混入了鱼腥
情爱的天空布满白旗
她继续搅动着卡布基诺
我喘着粗气
"没什么，习惯了……"
她与我之间，空气中的老虎
像青烟一样，幻变为
一座玫瑰的纪念碑

哭 丧

撕心裂肺，痛心疾首
——而此刻，邻居老人
正端坐在我们世界的对面
身边守着兽一样的云
继承哭声的全部美德
17点30分，月石路小区大雨瓢泼
一阵又一阵，冲洗了老人
遗留在世间的最后情绪

我不是一个富有同情的人
怀揣可笑的想法：
痛苦的哀号
必将音乐般地打开燥热的喉咙
——绝对的撕心裂肺，痛心疾首
17点35分
月石路小区上空再次广而告之：
哭丧是门好职业
所有丧亲的人将在哭声中得于康复

不爱你的时候

不爱你的时候
清晨很透，看着露珠的颤抖
相当于譬如朝露，又是一年

不爱你的时候
锄草，养蚕，摘桑
如梦令接了地气，长出几畦小蓟

我轻轻一吹
你口里的江南
相当于关节炎，偏头疼，病人

不爱你的时候
没有小名，发狠的词，你的癖性
某年某月某日，被带走了

微 词

云雾紧紧地，用神秘之声
追问着一座小城
高楼俯瞰处，亮丽的小叶紫荆
掀起波澜，簇拥在一起的红
一次次叩击着雨的屏幕
她倚在窗台，水流拍打墙体
"那些红足以对抗这些天的胸闷……"
她想着，以一滴雨的速度
完成了守口如瓶
……而喉头滚动的，这惊雷
她掖了掖肩上的外衣
出于本能，微微后退
抱着自己，百叶窗一步以内
一种虚构的安全
替她抵住了风暴
和由来已久的生活死角

五月物语

卦象忌我出行，示爱，饮酒，手持利刃
我的本命年困我如兽

夜的公路上飙车。苍穹，群星，呐喊，风吹散我
我需要更大的牢笼，困顿一只苍狗

只是妖精

再靠近。你将拥有世间一切的好，欢喜
还有魔盒
你看见竖琴弹奏天光，渐渐地
忘了今生。和我如此近
取你一寸柔肠，也赠你断翅的哀伤
接着，深情耳语
你不能封锁我的双唇，我要给你
安上老虎的心脏
要激怒你，让你踩着浮云去爱
一切都来自我的天性
大地还未灌以五行之气
我只是只妖精。布迷魂阵，内心着火
给你一座宫殿
桃树幻成人形，你排排细嗅
夜深人静，在妖界
一颗老虎的心脏，魂不守舍
你奇丑无比
这边是王者，那边是香艳
但我没有罪，永远不给你出路

在芒果树下给你写信

热烈的旅途，停了下来
它们像信使，穿着夏天的衣服
向日葵一样的黄，我三十岁的身体
第一次裹上亚热带的风
从未有过的酣畅流动
这成熟的香甜
我寄给你的，没有词语
跨过几个省份，小小的卡片只有你懂
它有五四街的浩大与静谧
有盖上邮戳，登上火车、轮船的激动
文字太浅，却反复灼烧写字的人
请原谅，没有告诉你
所有垂挂的光芒，我都以你的特征命名
命运之书，如此吻合
这一个人的旅行
只调和上有关你一个人的偏见与情欲

山 雨

远处的灯塔开始被浓雾笼罩
山峦更逼近于视线
山雨欲来。绵延的白色山体
有如安静的海岸线
正等待着某种力量。接着
是风。不可估量的力呵！灯塔不见
高楼不见。我不见。浓雾
从山峦的顶部飞泻，万物有如陷入
空茫的黑夜
——这遥不可及的天空
突然就释放着它的肉身。高楼，街道
树木，所有愿意迎击疼痛的事物
顷刻间被吞噬。我不敢揣摩更低处
有什么事物还在沉默抵抗。水流
如注蔓延围困。只要它愿意
恐惧也将把我稀释，到处都漂浮着
寻找肉体的残骸

合 欢

即使把它们拆开
也有最美的两情相悦
一棵连着一棵
小城的上空泛起粉色的层云
我喜欢喊：
"合欢——合欢"
喜欢它吐出绒毛的花丝
掉在地面，又吹在有缘人的肩上
它们拥有最好的渐变
白里透粉，粉里藏着美人的脸颊
缓步走在小径
我没有告诉你
它们叫合欢
我把脚轻轻踩进你的脚印
这浅浅的片刻，还没抬头
就落满了合欢

刺 青

走进文身店时，我对技师说
"给我左边的乳房刺一朵梅花吧"

电动刀在皮肤上震动
像在生活的伤口中种植

我没有感觉到疼痛
血流出来的时候，它比梅花更红

技师填完最后一针朱砂，我吹了吹梅花
花瓣很快就落向了白茫茫的人世

素 素

从春天开始，我愿意被改
去姓去名，改八字
改目光，改与人世温柔

我愿意改命运
改与你相向而行的万分之一可能
愿意被改成渡口

接受人世纷沓，在月光里咬碎一滴泪
多少年过去，我愿意改纹理，改肌肤

改内心的波澜与海啸。素心，素手，素颜
亲爱的，东风吹，南风吹
喊一句素素，我有时光之停顿，大江之不悔

青鸾镜舞

青鸾哀牢。它封喉，保持了永恒的缄默
妄生的人，在镜前雕琢语言

青鸾哀牢。它相信一面镜子的真实。孤独
是一种镜像，绝境是一种镜像

青鸾哀牢。知音在高山
它飞起来。绝唱是一种镜像

向死而生的时候，世间无青鸾
妄生的人在镜前，怀抱灵魂的祭坛

爹 爹
——给西尔维娅·普拉斯

还给你一个拥抱和男人温柔的汗腺
还给你十岁的明媚和面包香味的早晨
还给你一只正在成长的猫，九条命
你不小心消费了一条，我把它种在地底
还给你一个爹爹
你可以骂他小笨蛋、小老头
可以在他的肩头
骑马，喊法西斯，黑皮鞋，大笑幽默
鼻涕横飞。你有早年的恋爱，可爱的红心
你喊：爹爹，爹爹……
你爱上一个男人，所有的男人怜爱你
在黑里穿行，披头散发
你干出一个名堂，让黑成为艺术
不可自制的部分迷恋死亡，不是你的错
还给你一个爹爹，让你破碎的人格
更加完整，你系着围裙在厨房煎牛排
煮咖啡
窗外女性自由运动的旗帜晃动
你转身：嘿，小老头，死亡的
牙齿碰上我这块硬骨头，多么绵软

收 割

更多的喜泣已不属于你
比这更容易疼的，是每次惊觉

你像个收割者
赠我镰刀，空茫，孤独的练习

我身体的果实、甜，还有春天搬来的蜂箱
再也未曾受孕……

一遍遍练习。我的疼
是走到你的身边，看你涂抹空的意义

多年后，我知道喜泣也将无力
而唇边，悲伤也长成了麦粒

听 见

我听见那里石头开花
鲜艳，没有词语可以命名

我听见一只灰雀在白楝上啾啾
治好了她长久的失心症

我听见一片云一声咳嗽
掉下无数个悬而未果的解数

只有迷路才能找到的地方
跟它走吧

我听见生活的缺口在那里自新
拣尽寒枝的天使站岗放哨

你的眼里有整个太阳系

我要把它回赠给你。如果可以
我不希望你如此浩瀚
我要你只是太阳，我是月亮
亿亿万光年
你只照亮我一个
我只因你而光芒
我们是快乐的两颗行星，在天体
自由地漂移
有时，你朝我炽热凝望
人间便持续五个夏天
有时，我向你深情款款
大地便覆盖七个春天
地球，这个天天
想围着你转的小贱货
终于受到了惩罚
而我们是如此克制
昼夜仍然无序地颠倒
那和我们又有什么关系？
交给火星、木星、水星吧
我和你可以去黑洞
量子力学让我们
越靠越近

我们还要去银河，坐在那里看瀑布
如果有一天，我老了
全身褶皱，再也不会反光
请你把我放在瀑布底下
日日夜夜冲击磨平
源头活水天上来，这唯一的活路
我走得下去
有多么多的不舍啊，或者一瞬
一刹
你的眼里有整个太阳系
而我的亿亿
亿亿万年，只会因为一个你

一见钟情

这其中有无数次擦肩
包括履历上下叠放
同一街道相向而行
在夜里，错误地转动彼此
钥匙孔
向黑暗探出莫名的问询

有时，某种呓语的作用
你们几乎做着相同的梦，尤如
春天改变江水
带着雪的雪崩流向未知
倒影的梅枝盛开
仿佛被一只手抚摸
慌乱，柔软

而心跳被带出境外
在街道穿行，在疲惫中凝视
光的梯子领来
一个毫不相干的人
天地寂静。你们终于懂得
之前的岁月，春天
一直就是只困兽，在它的爪子下

万物被改造
你们注视过的寂静
就是彼此无数次的雪崩
落叶里捡起一枝梅
就是多余的激情，你们遇见
那么慌乱，那么柔软

夜 行

公路如暗甬。两边的夹竹桃
无数双手，伸向天空
忠于黑暗的事物，在黑暗里叛逆

必有什么声音
从远处的山峦提前到来
喘着气
在玻璃窗上呵出人的温度

车灯抵向虚无时，黑暗里
无数的声音掠过。有反思，反思者
有疲惫，疲惫者

有一首从结尾开始写的诗
我确定山峦的声音，是我的
一首诗的延续，是我的
因为黑暗，它们一直都在
她爱的肉体外

采花记

这是我一个人的夜
我有神殿，广袤的黑，和一株玉兰

我折兰入手，有朝圣和远方
我喜欢此刻左手右手冒汗，小腹发热

单枝入怀，双枝任性
我一个人沐雨，摆下临行宴

对她们狂语
"良人在东，又谓特洛伊……"

这一天

我剪下白发，剪下身体间罅隙的裂缝
奇怪，不疼。它们已经学会包容风
风还在吹
奇怪，身体有山水经纬，还供奉着
一尊神。神爱我
奇怪，这一天有了更好的理解
我越过了俗人芝麻烂事
专注于爱，打破环抱在手的陶
"生命一直是件塑造的陶……"
哦，好在这些年我暗地培植屈服
鹰的翅膀
好在我狂妄又胆小，专注于爱
我才能从容地深望着这一天

55 度宴

我绵软，已什么也干不了
我摇摇晃晃，知道风在说什么

在泸州，一场盛宴已经开始
有人从云端赶来，遇见景帝，大都督
有人携带双翅，长着神仙的骨骼
还有人饱含热泪，吐出时间的苦水
多少光阴已被融合
人与兽，水与火，在同一个源泉的夜晚

此刻，人间 55 度，万物刚刚入境
此刻，我知道一滴水的前程和住址
它可以 58 度，62 度，75 度……
也可以 38 度，一座城怀抱的温度

我在这里打着轻鼾
——多少年过去了，我仍是这场盛宴的记录者
我知道那晚的歌谣来自哪里
我知道每一滴琼浆通往万物的大门

结 香

蜜蜂
成群而来

我多想成为
其中的一朵。隐秘地

依着枝干
像一个在花海里
过敏的人
我扶着风，喜欢啊

柿子树

枝丫低垂，懂得和时间达成平衡
我喜欢它的顺从。第一年挂果
褪去苦涩的柿子
已有了和人一样的经世哲学
很多时候
我观察柿子在叶子间摩挲，声音喧嚣
奔腾……
等待是成熟的煎熬：盐霜一点点褪去
必须恪守时间的定律
收住滚烫的心
鸟啄食，风吹落，必须
接受其中的一部分头破血流，原地腐烂
而最终，高枝上
软糯里绵密的甜，必须要仰望
踏入秋天的路上，我们何其相似

佛　掌

佛断了掌，流线的手姿
突然凝固。这只残缺的手
比完整更接近完美
你永远无法揣测，佛在断掌之前
手里握了什么，又或者
他要递给你真正的答案
众生在石窟里心境奔突
比起完整的故事，我更相信
各个时代碎片的拼接
佛在每一次命运的洗劫中
都会把自己身体的一部分
喂养给人群，比如手臂，头颅
窃取的乐趣让人忘乎一切
包括佛一直在人群
他目睹杀戮，饮风餐露
从沙漠的星辰里取来经声
空旷的手
抚摸亡灵。回来时
这么多攒动的人头围绕他
这些被时间释放出来的沙粒
每一粒都那么小，毫无特征
他的指缝没有痕迹，他的断掌
还没有遇到可以打磨的灵魂

栾树花

地面的花朵更像灯笼
里面有不灭的烛火。在树冠顶部的时候
它们被供在高处。有时
你看着它们像在修习，不断试飞
残红褪去后，花朵包裹着一粒粒小籽投向地面
走在林荫道上，某种梵语般的节奏
止住你的脚步，你惊讶于此时的重力
从高处滑过的流线，愈来愈响
——直至突然寂静无声
只有枯叶内部的筋脉悄然断裂
向死而生，有时候因为过于汹涌
而冲破事物隐秘的界限
你恰巧遇见，并思索深邃处独有的启示

紫叶李

树顶的叶子翻飞。盐霜的背面
我看见新生。与衰老
同时乍现。作为观赏
从春到秋，它们的果实
只有回到地面
那时，我坐在树下，挑一些
最红的果子。手机滤镜后
朋友圈制造着果熟的香甜

谁会在高处看它们坠落
又在一个个路人身边静止
都是静止的……
有很长时间，我在七楼俯瞰
许多提着公文包的人
踏着夜色步态匆匆
泛紫的红像雨滴
垂在他们疲惫的脚后跟
不经意的相遇，与生活多么无关

鸦 声

只是一瞬，瓦砾上的流光
便飞入夜幕。似乎连飞也省略了
神话与传说让乌鸦
拥有黑的世袭寓意。我合上书本
从孤坟飞往人间
乌鸦立在高楼的屋角显得落魄
事实证明没有一副好嗓子
如何辩白也显得突兀
聒噪声迭起，是什么令它们如此激动
黑暗世界的另一侧
悲离都撒播着它们的身影
——这被一身马甲误了的命运
我试图搜寻关于它们的赞词。造物主
不偏不袒，有黑才有白
有替罪的遗物，才有人类思考的瞬间

蓝花楹

花朵簇拥成一颗心
原来一座城市的心脏是蓝色的
这么早，对着我的窗棂
我要用蓝花楹的汉语
问好世界，我要将它捂在掌心

仓山区的清晨，你好啊
仓山区的马厂，你好啊
仓山区的林徽因，你好啊
你好啊，57号
就像蓝花楹树上的雀巢
像被蓝色潮汐一遍遍拍打的岛屿

海风咸咸地吹着
这么早
我知道它会落在一个人的眉心
会在那里交换湿漉漉的眼神
会在我所有的详写里
找出省略的花语……
——原来所有的蓝花楹会集体颤抖
一座城市的心口
会蛰伏着义无反顾的海啸

石榴花

我们都迷恋玩火，并渴望走进未知的危险
鸟儿们飞来的时候，站在黄昏的枝丫上
它们的羽毛纷纷飘落，它们依然埋首于歌唱
挽歌似的赞美。一地的红色火光
我们期待暮色褪去，火光里藏着危险以后的路

地上未熄的火焰眨着眼：它们有无数次练习
蔓延或者止息
可以像轻盈的羽毛夜晚回到云朵里
也将炽热的舌头舔噬我们，清风徐来，事实上
它们正一片片叠加在我们身上，堆砌的红
令我们一度迷失自己正处于黑夜，焦灼的疼……
如果这就是我们要进入的危险
剩余的光垂于胸口
多少我们在白昼里的天真、偏离，以及
喧嚣散尽，忽然从体内抽身而去的人
都将在爆裂的一瞬间得重现
虽然腐烂一直都在窥视着我们

牯岭街

一身的坏骨头在牯岭变轻
我们喝着江小白
吃着石耳，红烧白鲷，真带劲
路旁，桐花堆着刺眼的白
哗啦啦，一树的花香
让人闻着飘浮
凡物疯起来，气场就能摄魂
不要命的姿态
我和你谈起张爱玲
这文艺的旺年
像是故意构陷的人生缝隙
不断席卷沁染的骨
推杯换盏间，仿佛山下的一切
都是前尘。无所谓来路
群山着一身美衣
肉体不断破碎
山崖上有一轮明月
我指给你看的是
明月下，一堆新骨等你修理

满庭芳

云落下的时候
庭院的橘花就满满一树
两只红嘴鸟穿过，香就有了
想要寄给你的模样

"嘘——嘘——"
就是这一刻
肩窝里，它的小睫毛
还挂着昨夜的雨
要赶在它醒前
你不知道，亲爱的
对抗时间，它可真是个新手

他 的

三月的新芽是春的
五月的芳菲是山寺的
七月的流火是蝉群的
九月的稼穑是农人的
十一月的滴露是蟋蟀的
一月的蠢动是大地的

而我的——

是芽孢间的希望
山寺的大音
大音里的分辨率
是种子入仓以后的蓄谋
大地孕育的果。谜

至于男人
大山松风的呼啸
自始至终
与我写着倾世的交往书
还有，妊娠纹下的秘密
是他的

圣诞礼物

窗外的流行歌
比我早
从卫浴间传来淋水的声音
比我早
我醒来
昨晚一样，睁开眼就看到
水汽在玻璃上
长满痘
滴滴答答

我喜欢这偌大的落地窗
喜欢落地窗下，星星之火
人间正有人收集神迹
在黎明里唱着祷词
我回头呵呵地笑
这傻气，我致命的弱点
是我给你的礼物

火 车

接受这旧了的
版图吧
在水草丰美的坡地
挖出隧道

请给予它
一列火车的咬合
电光，以及
铁轨上
钢铁撕开的火……

最后，请以狼藉
结束吧——
这旧的山河
更辽远的坍塌
一场更浩大的收拾……

向 晚

回忆是一道闪电。躺在车里看天
云层用了太多的力
急光穿过的时候，它碎成雨滴
呼叫在天窗急响
那么多的声音，顺流的水太用力
以至不像悲伤
我爱家里的吊兰，用剪刀替它用力
利器里的闪电
繁衍过快，最终都送给了他人
像记忆者爱过失忆者
谁也曾用闪电爱过我？
巨大的天幕如甬，电光恍如骏马
云雨只为决绝而用力

说出来

"说出来……"
善于言辞的人
吞回所有的言辞

只有大海敢于把身体抛给礁石
把碎身交给咆哮
只有你
孤零零，搂紧自己

"你运动的部分是我……"
"你静止的部分是我……"

这常常抛弃而又眷恋的肉身
但愿有更多的流年
与你
消耗，醉生梦死

——包括
已吞回的汹涌
以及一生的情不自禁

辑三 捕梦

酒 馆

酒馆小院的墙角，三角梅爬出妖娆的姿势
一朵朵花，正透着酒后的薰红

我们刚到这里，细胞便透出猛虎般的细嗅
原来，每个人的身体都藏着一只兽
每只兽都会在特定的地方苏醒

我爱这里
酒瓶咔嚓，像壁钟吃掉时间的声音
我爱这里
酒杯叮当
像你叫我三角梅，猛虎，时间，壁钟

也许只有这么多的称呼，才符合
这里的温度；只有这么多的语言才让我蹦出
虎一样的温柔

像清晨刚刚醒来，三角梅爬出妖娆的姿势
像壁钟吃掉时间，我们慢慢生出的温柔

云冈石窟

打造菩萨的手回到白云里
它们在天上继续刻云
我在地面仰望山体
和石头一样多的菩萨

镇着的鬼魂
有些从它们断臂里
伸出舌头
有些从它们的残颌下
爬出半身
而那么多劈去脸的佛
里面的鬼魂挣扎
看着游人敬香，自拍
却怎么也长不出
一张菩萨的脸

佛如肉身，鬼魂如空
似乎佛也有
挣脱不了的命运
我在人群小心翼翼
不敢触碰每一处石头
无相的石头住着什么
时间的手，总是无形地抚摸

玉 兰

是一个雨夜。路灯半明半暗
我感动那一瞥，你指尖
垂着雨滴，有如时间停留
漫出玫瑰和兰的幽香
也有死亡和冬天的味道

只一瞬便跌落在地
那些花未吐纳的……
于是，就有了一个陌生女人
她望着雨里的光斑
倒影，地面的水泡
还有我们
——这些失去春天的产物

野牵牛

会在这个清晨
发更大的宏愿吗？

已是深秋了。我只是懒到没有睡眠
做梦的野心
身旁一本书，草里几声虫
看墙壁的野牵牛
与伏地的野牵牛开一样的花
淡紫，昂头
三朵，四朵……
……我不数。伸长着腿
躺在秋千上
我不看，它们还在开

夹竹桃

是在凌晨 4 点的时候
我才逐渐看清它们

铁轨两侧，开满粉色的花瓣
黑色的卵石之上
你会记得它们湿漉漉地绽放
逐渐抬起的下颌，睫毛
以及它们身后
正在打开的地平线
会舍得放下手中调动的焦距
想想自己蓄意的梦
为何没有抵达故乡，却充满
异地流放的渴念与凌乱……

一个人。当一个人
追着次第怒放的夹竹桃
穿越天边的裂缝，你会发现
自己关着的布衣世界
原来一直都
暗藏汹涌，静在其表

半个月亮

半个月亮漂浮着。醒来时
对面高楼的黑影又压入庭院
……遮光，挡风

我已经不再对此低吼
好恶，欲
都不该全力以赴。隔壁的猫
伸出春的爪子，绕着井垣
半个月亮，也随之缓缓转动

——呵，天上的月牙儿
也喜欢在深夜衡量人间的冷暖

爱 过

我爱过一位画师，他喜欢
把我的平胸画成丰乳
我爱过一位作家，动情的时候
他喜欢形容：
爱你若菩萨低眉
我爱过一位股票分析师
他豹子的嗅觉
勾出我猛虎细嗅的文艺
他知道明天的心电图，会在
风暴来袭前消失无踪
现在，只有我可爱的老爹
还迟缓地爱我的明天
他的一生很慢，所用的都是进行时
比如为我房子按揭，保险的
受益人，存折密码……
他对我动用了人生全部的词典
却未曾翻出：爱过

沱 江

我想到某个人，想到夜晚
有人站在凤凰山上
歌声被流水带到吊脚楼的木墩下

一颗不平的心。流水是有记忆的
仿佛此刻，我的双肩
正被人轻轻倚靠。那晚的月亮又回来了

有人开始远行，在山中急走
有人开始躺下，把水声枕成私语
有人相遇又分离，向着水波的起伏处
伸出双手……

——总有一些叹息绕指
细密的漩涡不适合追问，抹平
当暮晚，你的倒影和整条江面都亮起来

蜜 蜂

埋下的树茎长出了花骨朵
草尖上扶起的风
在花骨朵上嗅到了人间味

这一缕缕风酸甜苦辣
真的有辣味，我观察一只蜜蜂
它一直用前肢抹着额头
它的眼睛那么小
冰晶的小颗粒粘在前腿绒毛时
像极了一颗凝固的泪
这株茶梅是辣味吗？这满地的落红
将开败演绎得悲怆

蜜蜂是第一个懂得怜悯的生物
我站在茶梅下
站在红颜的最深处
蜜蜂在其中挥汗如雨
酸甜苦辣，每一朵花儿
都恐惧一阵风；每一个美人
都把针尖上的甜刺向生命的核

鹭 鸟
——致雷蒙德·卡佛

有一个地方
为贴近他们的人而存在
我看见丰饶与岛屿
所有的动词
都是用来控制潮汐的停止
你漫步在莫尔斯河岸
用半块肺叶呼吸
犹如在心房种下两色玉兰
左边为白，右边为红
你垂钓硬头鳟时剧烈咳嗽
该死的咳嗽
总是吵醒左边的死亡之花
出于强大的习惯，你感谢
这样的信息
走在莫尔斯河畔
在河流汇集的地方，潮汐
涌动
你看到小说里结尾的鹭鸟
那安静的鹭鸟
我靠近时，它的残骸
像一首诗一样，含蓄

金缕梅

山谷是一间客厅
手里的金缕梅
是客厅里最纯洁的形容词

比如兽、鸟、虫低飞
就视为：金缕衣
枝头还在蛹里的蝶
它冥想着春天
可命名：金缕曲

许多的蝼蚁仰望
它们总是
唱一些结结巴巴的词

在这么多声音之间
人类的耳朵多有保留
我们所爱那么多
但总是用错误的形容词

抒 情

为一些抒情
我又一次发挥词语的实用性
名词建一座粮仓
搬出五谷，草本，果实……借用它们
我写着泥土的温度，植物的恩赐
野禽走兽从未如此亲近。比起动物
此刻，我则更像一只兽
单为目的而来
动词彰显速度，精心挑选
我能看见上帝与乌鸦比邻而居
黑色与虚无一样极速
抬头，苍穹如幕
英雄主义般，我用一些形容词替代流星
比如：透亮，美丽，温暖……灵光
忽隐忽现
长句，短句孕育而生
刚轻轻抚摩，窗外的玉兰就开始落雪

雪夜访王子猷

当然，得先练习酒量。壶为樽
皎皎白光为肴
呼一窗寒风作陪，就刚好抵达
将疯不疯的境界
还得练胆，要练到北风呜咽
天地莽莽
不怕夜半鬼敲门，独我一身敲门去
一副好身板更少不了
顶风冒雪，没有骨头里冒出的正气
邪风容易入体
一宿不眠，那更要练就好眼力
作为白色世界的惟一黑点
稍不留神，就容易变白
江水滔滔，扁舟自横。我多年
苦练一手好字，天为峰
地为勾，为的是这虚无的路上
万一搁浅，袖底的风
也能掀起一场雪崩，你不开门
眼神也已看向我

重阳登高

云朵脱离雨水
金钱松脱离史前

小白蛇脱离兽门
藏弥猴立地成佛

谁说我不是一块石头
脱离凡胎

在峨眉山，一声钟响
猛虎听经，星辰驾云而去

都江堰

"薄雾中有陌生的窃喜"
远山模糊的道观，白鹭
又被一缕青烟带走……戴着耳机
走在堤坝上，水杉彬彬有礼
浮桥下，江水白得清透
若此刻抖抖衣尘，多少历史的风烟
将沾染我的气息

拾阶而上，山顶的二王庙
共享人间的供奉。此地的龙王
一定折服于李冰，他用一条大鱼
堵住了悠悠众口，收服岷江
我从高处俯视
似乎这条鱼对这个游戏乐此不疲
江水为内外，来往有序

薄雾还在漂移，我的角度
江水蜿蜒得像叠句，始终送来
奔腾的余韵。我的身体不住地被拍打
想象当年，一定是江水
与一颗心发生了碰撞；一定是江水
也有恐惧

是他动摇了，让一条江找到强大的地方
理性应答所有欲望的反应

草堂谒杜甫

安史之乱用侧影
拽着每个游人的衣角
古木修竹沙沙作响
当年，大风卷起悬崖
雨夜喊住黎明
秋风肃杀，没有什么
能喊住三间茅屋的倾颓
他用一支笔
支起精神的广厦
每个字都是朝代的病灶

时间仿佛是拱形的屋顶
我们于千年后
抵达同一点，呼吸相同的空气
入蜀，拍照。我一步步靠近
一支枯笔静立浣花溪水
我掏出私藏的酒
这小心翼翼的行为，他
是否也曾嚎啕大哭过？
周围，围观的人散去
而星光从未散去
他在人生陡坡，冲撞的死
与生的较量，从未散去

九 月

天幕越来越清晰，白鹭飞过的时候
地面只有一个底色

稻子给大地铺满黄金
农人头戴草帽，检查收割的发动机
这丰收的马达穿过秋雨
一场凉过一场。鸟兽们抬起头
它们比谁都知道九月的辽阔与冬藏

我已不是身别镰刀的少年，刀刃
沾满清香
而稻子依然有流水的质地
渐渐流出大地的丹青，它们在为什么
腾挪巨大的空白？凉风忽而有信
仿佛一段悠长冥想，我伫立在九月
未抵的时刻，眼前一轮落日
浮在芒草的针尖上，将落未落的样子
如肃穆的仪式，见证空旷里无限的可能

铜院里

被高铁急速带来的人
在铜院里慢得像枕木
我喜欢老板娘身上的钥匙声
收租时露出好看的虎牙
有时候，我们坐在四合院里喝茶
没有月色，故乡的老宅在坍塌
青蛙说他的村子没有历史
有历史的，是带走它的流水
门窗的镂花斑驳，我看见老家的遗址
浙江与江西只隔一道墙
木纹吐出的时光有相同的杏子
晓萍是一幅文艺画，她端着盏就很美好
我们有共同喜欢的衣服：壹旧
旧旧的，如散漫的日子里容易走神
以致我总将小金柑叫成小心肝

八 哥

舌根充满缝隙
它先是说：八哥，你好
全身羽毛倒竖，膨胀如黑影
我看见许多
许多人的黑影在鸟笼前晃动
它不断吊嗓子
日夜操练同一句人语

——分明是自言自语
我对它喊：笨蛋，笨蛋
它在笼里扑腾
羽毛下黑脸模糊
它又答：八哥，你好
八哥，你好
仿佛我才是八哥
仿佛模糊的黑脸
一直是人类的回声

雷峰塔

我能看见波纹朝我靠近
像某个人平缓的呼吸
雷峰塔玲珑剔透，影子也是
画舫从水面的塔尖上游过
霓虹灯下，每个人
都是自己的主角，自拍，晒圈
而有谁在倒影里想起，烟柳柔软处
多少帝王家藏杀机，情薄如水
偏偏还有一颗心：水深火热
偌大的西湖是一面镜子
塔里的人孤照，内心的火一点点散去
我识得那火，湖水轻拍断桥
爱我的人
站在柳下，他眼里的塔装满悲情
分担了我孤独的认知
我们老远赶来，所膜拜的爱
被菩萨纠正后，就成了修行

秋意莫干山

修竹壁立，据说其中的一把名剑
就藏在其中；枫叶如火
据说此刻的颜色，就是
淬火之前的精金英
我所见瀑布，它们倾泻入剑池
让我遇剑气。一个美好的故事
总有谜一样的结局，这样消失的时代
才能一次次被打成活结
就像鸟儿振翅
我听莫邪摇扇，干将铸剑的锤音
就像人群议论
我能穿越众词，吴王一声喝令
剑魂就困在一滴秋露里
像雾像雨……拾阶而上
一切消失的人、事，时代
都以另一种方式显现
只是这莫干山太大了，以致
春秋的云遇见民国的重楼
依然互不相识；只是当我俯瞰
深壑的风突然刮起，数不清的瀑布飞流
此刻，剑气可以叫荡漾
重楼轻如一朵流云

明朝碗

他带我去看一只明朝的碗
一只印着两个老者
吹笛抚琴的碗
车里响起列侬的《想象》，暮色
踏进流动的空间，夹着风噪
呼呼声不再是一种虚实的交替
而是一种彼此相生的弹唱
沉醉于更多的想象，时间接近旋涡

我继续看着照片，老者身边的古树
每片叶都要起飞
这么多年，它一直保持着众多
追随者的身份，沉默倾听
急于与之相认的人——
守持的书生，往来商贾，私藏达人
都在它的叶片中
悉数分化成个体和整体
抬头，前方苍穹如盖
他一路沉默不语，某种忐忑的亢奋
正被身后硕大的圆月缓缓辨认

至诸暨

戊戌孟夏，瓢泼大雨
令花落，人眼迷
这越国之地，我还尚未
感知一条溪如何将一个女子
浣洗成美人，将一匹纱
书写成史诗
空气中凛冽的布局与杀伐
就扑面而来。复国打造的美人
深不可测，王在风雨中
压低头，眼里的闪电夜夜鞭打
一只金黄的虎
路上风起走沙，我去看浣纱石
车在溪边受惊
像美人的马，消隐前不断嘶鸣磨蹄
溪面的万物，倒影碎成繁文
仿佛一个好名声
拥有更多无法简化的审判
美人气息幽微。俯身
有谁会相信，我在流水里
竟捞出了一只逆水而奔的虎
他穷其一生，也没能越水成功

静 物

写生画不出此时
你突然在人群里分辨不出自己
错把孤独的反义词当热闹
有人孤枕难眠，有人酩酊大醉
同一个夜晚缺席的人
都是有罪的
灯光下，没有一件物品是静止的
它们转动飞快，抓不住的东西
是指尖沙
只有灯光是真实的。它静静地
像陌生人的安慰
它的孤独是一只手
它悬垂着，一双眼在黑暗中如静物

捕梦者

来到河边
他拿出两个梦清洗
散发着臭味的梦
蛇一样在水里游动
和它们寄主完全不同
柔软的水拍打着
梦在水中听取绵绵的回音

"那两个人终于幸福地咽了气"
捕梦者将梦装回布袋
黑夜露出纸片般的裂缝
他飘然进入
寻找新的梦主
你醒来，并不知道
身体里喂养的梦
一日如婴，一日如虎
它们一直在成长
有着十字架的模样

狮 子

它锋芒外露，一再从夜色里逃脱
月亮飘下几片羽毛
稻田寂静
它凝听着，仿佛第一次看见轻
它在幽深处。羽毛荡漾
月亮一次次变大，缩小
万物安静
它第一次看到安静
仿佛它只是虚拟的存在
一次酒后的虚惊
我屏住呼吸，躲在幽深处
我的影子薄如刀片
月亮渐渐上升，稻田卧伏
请原谅我一次次
打破宁静
我关不住我的狮子
此时，彼此成全

锤 银

一个半成品银壶
接受众人的审视。工匠不时阳刻
阴刻，走出祥云，神仙的白须
天上的生活占据壶的一角
让我想起另一只手
他拉风箱，锤银，我睁开眼便看见
圆中有方的天幕

这是养活我童年的手艺
在塘里，仿佛一次生活的回溯
它敲击体内深藏的银
审视银壶如审视自己
旁边，有人将一块茶放入壶中
沉默如光阴奔腾
他们谈银的溶度，茶的沸点
而我在想一个消失的人
仿佛所有的锤音只为他而来

晚 安

灯光，路人
上弦月
异地道出它的晚安

一分为二的人
二分之一在行走

为陌生人指路
路的尽头
她在晚安中掐指
用力掰弯一条
两个人的平行线

曹山寺

菩萨端坐莲花台
鸟鸣、松风，曹洞宗的禅经
属于它们
人间的供奉在菩萨的低眉处
左右青山，龙虎之势
适合庇护光阴的新芽
比如，这满身疮痍的老银杏
火烧、雷击。成佛的路
万物皆放下生死
而人是这里最密集的参悟者

寺院，每棵树
都垂挂着愿望。当夜晚来临
龙虎便卸下身上的重峰
挑选最迫切的一个
它们呈给菩萨的时候
总是大汗淋漓

蜉蝣记

如白天到黑夜
我们称其为走完一生
携带着远古的基因
时间往复，它的进化论
一直叫朝生暮死

还有什么可以和时间抗衡
朝为虫卵，它在水面沉浮
一秒前的体态和经历
已成为过去
那是一个嬗变和被渴望
改变的过去

命运催促
它必分秒须臾地改变自己
活出飞的姿态……
这又多么不像人类：它从不质疑
对于往昔从不批判和告别

墙壁记

时常脱落石灰
这些物理现象，分离出
一面墙的生理：惊惶，自语
与一栋大楼的不可调和

像顽疾，又像蓄谋已久
细小的划痕属于无意识
不可洞穿的孔
来源于暴力的呻吟
而淌着水渍的圆圈
则是一张张大的嘴

由于缺乏声带
它的控诉已发生霉变
至于纵深的裂缝
它一直属于墙体的一部分
对于窥听黑夜里的秘密
它同样葆有劣根
需要隐秘的黑暗自我审判

壁虎记

墙壁在它的爪下
越发苍白
我倒吸了一口气
这是我的空间，仿佛已被它
提到时间之外

趴在钟面，它身上的波涛
暗涌至屋角每一处
似乎要把
脱离时间的物体
拉回现有的命运

忽而又不见。我想起
那些和命运赛跑的脚步
一次次被拉回，时间并没有
给他们提前预支的机会

沿着光的扶梯攀爬
一只蛾子
不因靠近光源而获救
一只壁虎，不因畏曝光
而扣押那一秒死亡的猎杀

蛛网记

暴雪也静止了
蛛线弹起一粒碎雪
落在菩萨的眉心

仍然有世人带来风暴
在网下磕头
祷告，凛冽中留下苦味

菩萨沉默。所有的
安宁都具有惩罚的过去
这张网收悉了多少苦行

蜘蛛忙于修补
在菩萨的头顶，它看到
得到太多眷顾的，都是短命的

白蛇记

人世是有毒的。她的玻璃眼
盯住瓦肆的一件白衣

不可轻言，刀口会随时落下
她的鳞片褪出一张人脸

咯咯的笑声会让人诅咒：许仙——许仙
人群中，她众生相

致命和美一样短暂，要收起
尾巴避开醉眼的和尚

也不要忘了苏堤的局。青眼
佛海无边，白眼就留给后来蛇明鉴

篾匠记

他始终都在沉默
手里抽动的篾条
在他的双腿对抗沉默的力量
刀刃的柔软
竹子的柔韧，他的手
触摸着光阴的骨节；唯有他知道
能取出刀斧之声的竹子
才能把命编织得更长

篾花有些沸腾，它们抱团
落入他的怀里
像极被用过的时间
风一吹，记忆零碎
被他抚摸过的竹子
是危险的，却也是我半生
一直要寻找的
我喜欢被刀斧打磨过的事物
唯有它们
无所畏惧，把死亡一次次撂倒

西 湖

她本来的样子
一半迷蒙，一半透明
我在 20 层高楼望着
雷雨之前，闪电在水里挑起爱恨
迷蒙的一半像隐没的世界
里面的人正成魔
还是必有人赶在永生的离苦里

多么像我的性格，充满忧郁
湖面阔大，却被我盛世的情绪填满
那透明的一半，让出了苏堤
白堤，和人群的欢乐
我撑着下颌看小船忽明忽暗
"癫狂之时，可有谁暗渡过我……"

燕子从另一个世界飞来
它们盘旋在玻璃窗
我爱的人，透明如西湖的另一半
我一直试图在高处改写的人生
隔着玻璃
如果我从隐没的世界走出来
低低的哭泣，我不解释

江阳引

在江阳，请深呼吸
掬起泸州的水，你见过水中燃烧的火吗
我见过

在江阳，请深闭眼
闻一闻泸州的水，你见过火中的烈焰吗
我见过

在江阳，请深度失眠
饮一口泸州的水，你见过烈焰中独醒的城吗
我见过

水一样的城，火一样的心
在江阳，没有浅这个词

泸水深，直抵梦境
泸水深，直抵灵魂
泸水深，直抵沸腾

比如我这个从未放浪的书生
在江阳，千金散尽
忽而捉月，忽而斗诗

我是一座城最疯狂的知己
我是一座城无须加冕的王

缺 口

一道缺口，扭曲，匍匐着
漓江两侧树木裸露的树根
再长不出绿色

人和树成为水下的倒影
坐上树根
倾听泥土的回音
一只水鸟忽地飞出
像一个熟知沧桑的老者
苍白的语言
一瞬间，我闷在水深处

岩宕

这平整的切面如同书写的纸
如同被自己反复形容的纸

一些线条像拥抱
切割的伤害已被抚慰

潭深不见底。鸟在其中盘旋
穿越天际线般，对于缺失

我们拥有共同的经历。如激情
反复抒情，最终只终结于一页白纸

云　海

在高处，我一再寻找其中的美学
流年一样翻滚，是风制造了一切幻术
我想象下面的山涧，石洞
野兽未及搬走的家和食物
我想象从缆车掉下以后
下面存有阿凡达一样的人间天堂
这一切渴望流浪的本性
是否源于眼前的虚无？
此刻，它们团聚在山腰
谜一样安静地浮着，缆车也浮着
我穿过它们的时候
雨打在脸上，寒冷似曾相识
就像我经常幻想人生某段美好时候
而生活突然就掌你一耳光
看看身下，深渊丛林密盖
我见识了高处云海的美学
也意识幻象应止于落地的低

麦子

滚动的，由远及近的
当我踏进陕西的麦浪
我想到了你
无际的麦田将我推上巅峰
锋芒上的舞蹈
金黄的狮子
第一次
我学着举起语言的鞭子
驱赶一只沉睡在南方的兽
危险
是我的英雄主义
巅峰上的刺痛，尖叫，下降的速度……
——人生的空白

这是北地
你留在我身体的北地
麦子不再是个隐喻，跨过几个省份
水土不服
内心的炸药
列车碾过身体的回响
都由风带进了麦浪的天边
像顶礼的仪式，像已消散的回音